¡Yo sé que Puedo!

escrito por **Veronica N. Chapman**   ilustrado por **Daveia Odoi**

Agradecimientos

¡Yo sé que Puedo! Es en cada parte un viaje y una historia. Nunca olvidaré ese momento durante mi semana de graduación en Spelman College cuando surgieron desde mi corazón a la página las primeras palabras del borrador - gracias, Spelman College, por la inspiración. Y gracias, Dios, por la visión. A mis padres, Gil y Idalene Chapman, ustedes son dos de las almas más increíbles que conozco. No puedo agradecerles lo suficiente por su amor, su apoyo y su ejemplo. Mi familia y mis amigos son igualmente excepcionales. Su apoyo me ha hecho mucho más fácil, no solo soñar en grande, sino también actuar. Gracias, Daveia, por capturar magistralmente mi visión con tus maravillosas ilustraciones. Paige, gracias por contestar mi llamado para un diseñador de libros y por brindarme tanta orientación y comprensión durante este proceso. A mis editores, Jonathan, Jash, Tapiwa y Nina, gracias por prestar su tiempo, talentos y amor a esta publicación. Yo, por supuesto, le debo también una gratitud inmensa a todos los que apoyaron mis campañas de publicación. Muchas gracias por ayudarme a publicar un libro que transmitirá valentía a nuestras pequeñas *Faiths* y traerá alegría a muchos.

Editado por Jonathan S. Chapman, Jashonai Kemper-Payne,
Tapiwa Washington, Nina Katherine Elon Payne

Diseñado por Paige Davis

Traducción al idioma español por TransQualitas S.A.

Copyright © Veronica N. Chapman

ISBN-13:978-1539984436

Todos los derechos reservados. Ninguna parte de esta publicación puede ser reproducida, distribuida o transmitida en cualquier forma o por cualquier medio, incluyendo fotocopias, grabación u otros métodos electrónicos o mecánicos, sin la autorización previa y por escrito del autor. Por favor, envíe cualquier consulta sobre esta publicación a través de www.veronicadrive.com.

Publicado por Boxxout Enterprises.

Visite www.MyCourageousfaith.com para formar parte de la comunidad: *¡Yo sé que Puedo!*

Este libro está dedicado a las siguientes pequeñas *Faiths*:

Abigail Grace Jenkins
Adaeze Nwogbo
Adanna Nwogbo
Addison Monroe Jasper
Alaia Rolfe
Aleanna Marroquin
Alexa & Samara
Alexandria Rose
Alexandria T. Bright
Alexis Kendall Hobbs
Allison Lew
Amanee Miller
Amari Sourivong
Amber Hoey
Amber Rache'l Hobbs
Amina J. Fracyon
Amyre Jordan Hobbs
Anne Charlise (Charli) King
Annika Jackson
Aria Ashford
Aria Ella McCants
Arwen Denise Stanley
Aubrey Nicole Daniels
AutumnRose Burton
Azari Le Pouv

Brianna
Brooklyn Clarke Thomas
Brooklyn Summer Cheshire
Cameron Hickerson
Camryn Amira Saxon
Ceaira Gabrielle Dramani
Celeste
Chaiyelle Sims
Charlene (Big Faith)
Chelsee Wallington
Corrinne Marguerite
Daija Hurt
DaKayla Rucker
Deondra Lloyd-Heldore
Destiny Strawder
Ella Victoria Perille
Ellie Kirkman
Emani
Emily Toussaint
Gabrielle Allen
Gayla Jubilee Burton
Genevieve Neil Yarde
Gloryn E. Letlow

Hanniyah Edwards
Harper Renee Thomas
Iadonna Shakura Coleman
Isabelle Thomas
Jack & Oliver Blais
Jamera LaRae Baxter
Janae Turner
Jasmin Marshall
Jayla Marshall
Jazmin & Amaya
Jazmin Zora Grier
Jenia Curtis
Jordan A Mills
Journi Camille Dior Ashford
Karrington Lee-Louise
Keara Wallington
Kendall Nicole Martin
Kendra Woodward
Kennedi Marie Tolbert
Khloe Hudson
Kiemaria T. Jones
Kylie Aniyah Goode
Kyndall Harris
Laila Nichole Calixte
Lauren Lew
Lauren Pendarvis
Leia Soraiya Ema-Télé Olubusola Garber
Lillian Lew

Liyu Alnur
London Nicole Edwards
Lorissa Akins
Lyric
Madison Griffin
Major E. Muise
Makala Moyer
Makia Griffin
Mariah Moyer
Marleigh Butler
Maya Walsh
Maycee Porter
Micah Miller
Michael Sims
Michelle Eselean Harris
Mira Kieval
Miss Sunday Joy Baker
Morgan Elizabeth Lankford
My Princess
Mykhael Fant
Naima Sade' Curtis
Naomi Daleiah Short (my princess)
Nia Roberts
Nina Katherine Elon Payne
Rae-Madison Marguerite Hobbs
Ramah K.N. Austin
Rayna Lee Turk
Reagan Ellis Chism

Rhiannon
Rylee Shiah Roach
Samaya Lovett
Sanaya Miles
Sarah Toussaint
Sarai Dior
Saxon Family Girls
Serena Camille Hammie
Shar'Mane Serenity Janea Robinson
Shelby
Simone Evann Duncan
Skye Elizabeth Taylor
Sophia Alexis Brown
Summer Simone Sanders
Sydnee Bright
Symone Woods
Taniya Thigpen
TaNyah Summers
Tapiwa
Tatyana Flowers
The Jones Girls
Thia and Tiana
Veronica D. Garrett
Waverly R Alexander
Xiomara Castro
Xionne Edwards
Zamiyah M. Gonzalez
Zoey Ama
Zuri Alexandria Runnels

El mundo es suyo.
Sueñen en grande.
Actúen con valentía.
Lideren con integridad.
Sepan que son amadas.

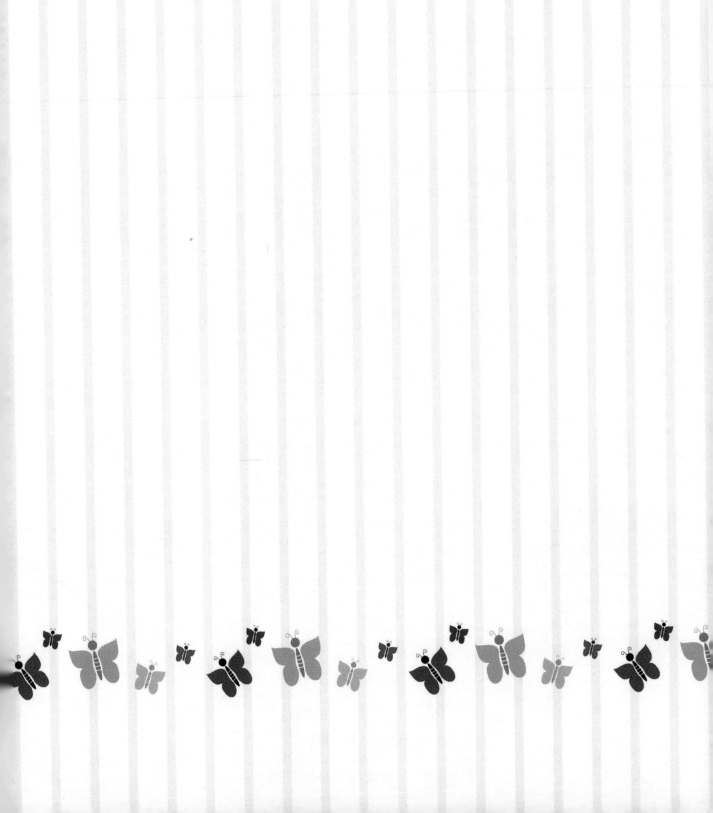

A la tierna edad de dos años, mamá me dijo:

"Faith, con Dios no hay nada que
no puedas hacer."

Y yo le creí.

"El cielo es el límite" es lo que solía decir mi papá cuando me arropaba en la noche después de un largo día de escuela.

¡Por lo que creí que
podía tocar
las estrellas!
Y en mis sueños
lo hice . . .

En mis sueños, ¡lo hice *todo*!

Visité el Museo del Louvre en París, Francia . . .

¡Vi tantas pinturas maravillosas! Y a todas partes que iba me decían "Bonjour!" que significa "hola".

Paseé por el Malecón en La Habana, Cuba . . .

Había gente por todo el rompeolas. Uno de ellos era un músico que tocaba una canción para mí en su guitarra.

¡Me gustó tanto la canción que no podía parar de bailar!

Me aventuré en un safari en Sudáfrica . . .

¡Los animales en la reserva de caza eran asombrosos!

Y ¡me encantó ser la líder del safari!

En otro sueño, tuve la oportunidad de conocer al Dr. Martin Luther King, Jr. . . .

El Dr. King me dijo que continuara la lucha por la justicia económica.

Canté a dúo con Majalia Jackson . . .

La Sra. Jackson me dijo que usara mi voz para romper barreras.

Entrevisté a Fannie Lou Hamer . . .

La Sra. Hamer me dijo que siempre defendiera mis derechos.

¡Hasta tomé una clase de piano de música clásica con Nina Simone!

La Sra. Simone me dijo que era un hecho que yo soy joven, talentosa y negra.

Sí, cuando era una niña lo hice todo . . .

en mis sueños.

Ahora que soy mayor, sé que
se necesita trabajar duro para
hacer realidad los sueños.

Y cuando de tus metas y sueños
se trate, no dejes que nadie
te diga lo que no puedes hacer.

Sí, ha habido retos que he enfrentado.

Pero mi mamá siempre me recuerda que

he triunfado por la gracia de Dios.

Así que aquí estamos en este hermoso día,
emocionados por ver lo que se presentará
en nuestro camino.

¿Lo Pueden creer, compañeros? ¡Nos estamos
graduando de la escuela secundaria hoy!
Y hay tantas cosas buenas que planeo hacer.

Porque sé que
puedo . . .

Y ¡ustedes también pueden!

¿Qué pueden hacer?

Todos tienen dones y talentos especiales para ofrecerle al mundo.

¡Y, aunque haya algo que no sabemos, nunca se es demasiado joven o demasiado viejo para aprender!

Hablen con sus amigos y familiares acerca de las cosas que ustedes saben que pueden hacer.

Una vez que compartas tus dones y talentos, discutan algunas de las cosas que quieren aprender.

¡Vamos a empezar! Yo sé que puedo . . .

El mundo es de ustedes para explorarlo.

Faith sueña con viajar por el mundo, para aprender nuevos idiomas, conocer gente nueva y experimentar diferentes culturas. ¡Únete a Faith en su viaje! Hablen con sus amigos y familiares sobre los lugares que desean visitar.

Aquí hay algunas ideas entretenidas que pueden hacer como preparación para el viaje al extranjero:

- Aprender un idioma extranjero.
- Escuchar música de todo el mundo.
- Aprender sobre las diferentes culturas en sus vecindarios, estado y país.
- Leer sobre las culturas del mundo.
- Probar recetas de comida de todo el mundo.